のはらキッチンへ ぜひどうぞ

Nohara Kitchen he Zehi douzo

おしごとのおはなし コックさん

まはら三桃 作
木村いこ 絵

講談社

学校帰《がっこうがえ》りの坂道《さかみち》を、さやかはぷんぷん怒《おこ》りながら下《くだ》ってきた。

「ほんっとに、いやなやつ！」

はらだちまぎれに落《お》ちていた石《いし》っころをけっ飛《と》ばすと、石《いし》はぴょーんと飛《と》んで、

かっとーん。

歩道《ほどう》のわきに出《で》ている小《ちい》さな黒板《こくばん》を直撃《ちょくげき》した。

「あ、まずっ。」

さやかは、あわてて走《はし》っていって確《たし》かめた。黒板《こくばん》には、白《しろ》いチョークでランチのメニューが書《か》いてある。うしろに建《た》っているレストランのメニューだ。

ところどころ、レンガがはられた白《しろ》い壁《かべ》に、三角《さんかく》の赤《あか》い屋《や》根《ね》、窓《まど》の上《うえ》には緑色《みどりいろ》のひさしがついたそのレストランは、まるで外国《がいこく》の丘《おか》にでも建《た》っていそうなほど、おしゃれだ。ガラスの大《おお》きなドアには〈のはらキッチン〉と名前《なまえ》の札《ふだ》が下《さ》がっている。

石《いし》は、メニューの料理名《りょうりめい》に当《あ》たったようだった。〝煮《に》こみハンバーグ〟のグの字《じ》が少《すこ》しだけゆがんでいる。

さやかは指《ゆび》でそっと、石《いし》の当《あ》たったところをこすってみた。〝グ〟のだく点《てん》は消《き》えてしまったけれど、傷《きず》はついていないみたいだ。

「あ〜、よかった。」

さやかは胸《むね》をなでおろして、ガラス戸《ど》ごしにお店《みせ》の中《なか》をのぞいてみた。ちょうどランチタイムが終《お》わった時間《じかん》か、お客《きゃく》さんはいなかった。

さやかは黒板《こくばん》を持《も》って、お店《みせ》の戸《と》をあけた。

カラン、カラン。

ドアについているベルがかろやかな音《おと》をたてた。

「ようこそ、〈のはらキッチ……、」

おくから出《で》てきたお母《かあ》さんが、さやかを確《たし》かめて言《い》いなおす。

「あら、さやか、お帰《かえ》りなさい。」

〈のはらキッチン〉は、さやかの両親《りょうしん》がやっている洋食《ようしょく》のレストランだ。六人《にん》がけのカウンターと、四人《にん》がけのテーブルが三つあるだけの小《ちい》さなお店《みせ》だが、材料《ざいりょう》にこだわり、手間《てま》をおしまず作《つく》られた料理《りょうり》がおいしいと評判《ひょうばん》で、遠《とお》くからわざわざ来《き》てくれるお客《きゃく》さんも多《おお》い。

お父《とう》さんがコックで、ウェイトレスはお母《かあ》さん。学校《がっこう》が休《やす》みのときは、さやかも手伝《てつだ》いをする。

エプロン姿《すがた》のお母《かあ》さんは、さやかの手元《てもと》を見《み》て、目《め》を細《ほそ》めた。

「まあ、黒板入《こくばんい》れてくれたの？　気《き》がきくわね。」

「う、うん。ディナーのメニューに書《か》きなおさなきゃいけないからね。」

少《すこ》しだけ目《め》を泳《およ》がせながら、さやかが答《こた》えると、お母《かあ》さんはさっそくレジのわきの引《ひ》き出《だ》しから、白《しろ》いチョークを出《だ》してきた。

「えーっと、今日《きょう》のおすすめは、タンタタターン、タンシチュー。」

楽《たの》しげな節回《ふしまわ》しで歌《うた》いながら、メニューを書《か》きなおしはじめる。

石《いし》が当《あ》たったことがばれないかと、どきどきしていたさやかは、ほっと息《いき》をついた。が、つぎのお母《かあ》さんの一言《ひとこと》で呼吸《こきゅう》が止《と》まった。

「あ、そういえばさやか、ドッジボール大会《たいかい》はどうだったの？」

「うっ。」

いっとき忘《わす》れていた胸《むね》の内《うち》のもやもやが、一気《いっき》によみがえって、さやかは声《こえ》をつまらせる。にくたらしい顔《かお》が、頭《あたま》の中《なか》でズームアップされて、今度《こんど》はなみだが出《で》そうになった。

「……ぐっ。」

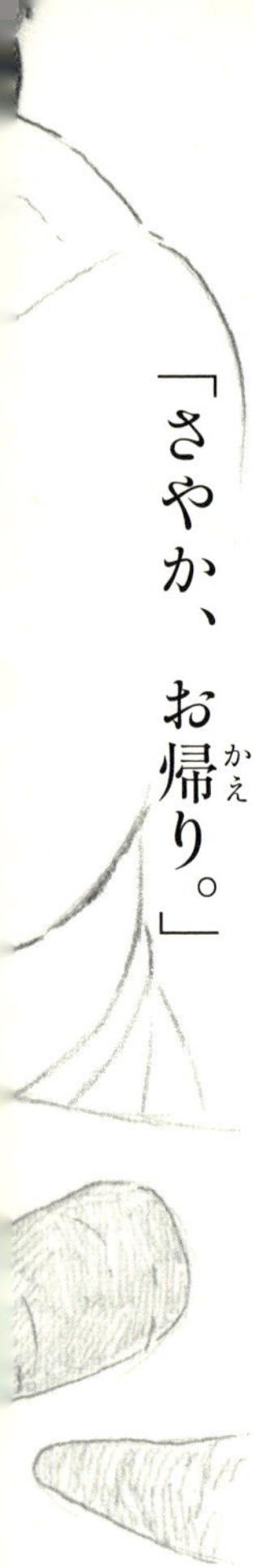

ずっとがまんしていたくやしさが、お母《かあ》さんの顔《かお》を見《み》て、あふれ出《だ》してきたのかもしれない。

「どうしたの？」

さやかの様子《ようす》がおかしいのに気《き》がついたのか、お母《かあ》さんは手《て》を止《と》めて顔《かお》を上《あ》げた。けれどもさやかはなにも言《い》わず、おくへと急《いそ》いだ。そのままお母《かあ》さんのそばにいると、本当《ほんとう》に泣《な》いてしまいそうだったのだ。

お店《みせ》のおくにある、家《いえ》の入《い》り口《ぐち》に行《い》くために厨房《ちゅうぼう》を通《とお》りかかると、お父《とう》さんがディナーの仕《し》こみをしていた。

トントン、トトントトン。

「さやか、お帰《かえ》り。」

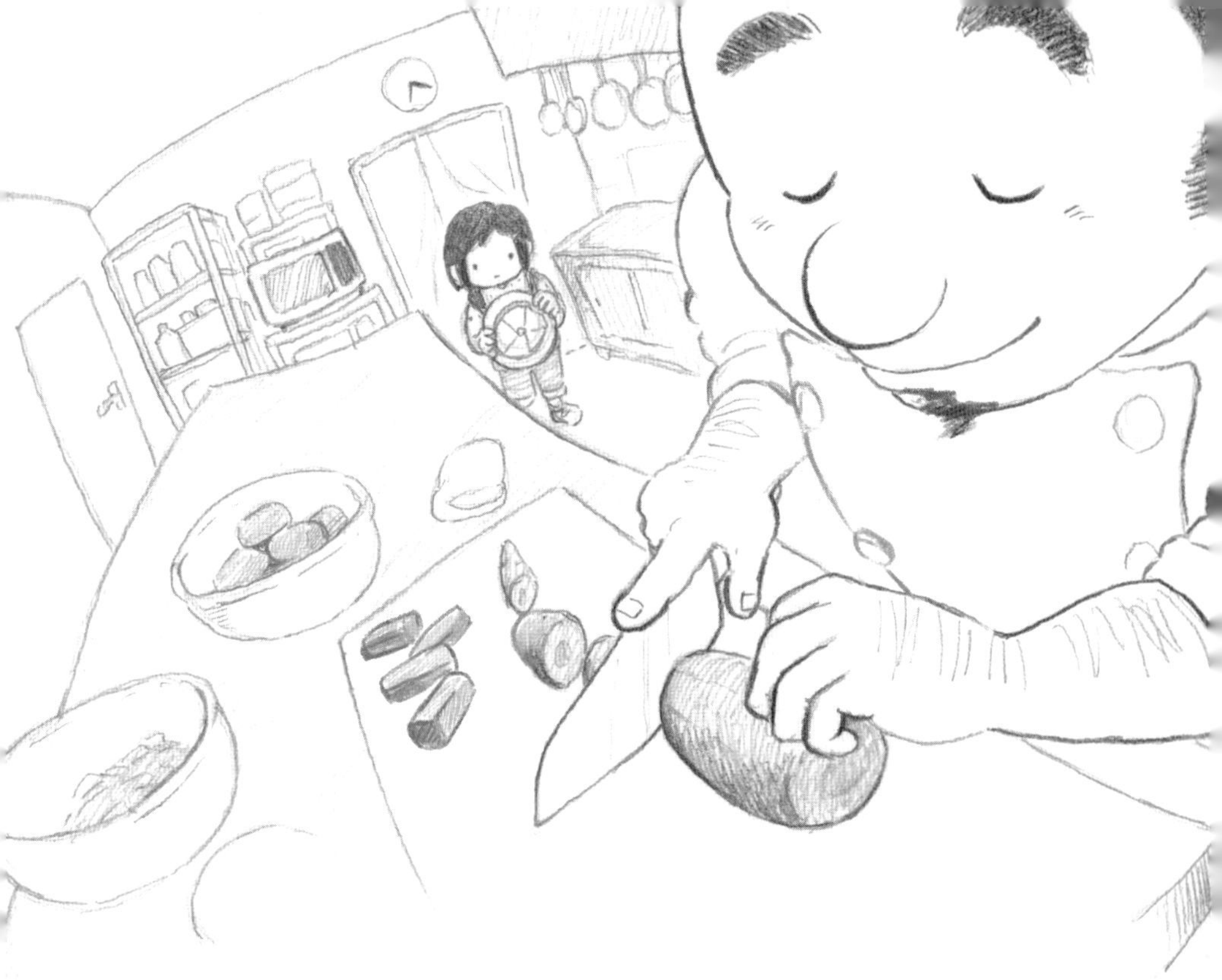

お父《とう》さんはにんじんを拍《ひょう》子木切《しぎぎ》りにしながら、顔《かお》を上《あ》げた。お父《とう》さんの包丁《ほうちょう》さばきは、楽器《がっき》を演奏《えんそう》するようにリズミカルだ。いつもなら、お父《とう》さんが料理《りょうり》を作《つく》るところを見《み》るのは大好《だいす》きだけれど、

「ふう。」

今日《きょう》はそんな息《いき》をもらすのが、精《せい》いっぱいだ。

階段《かいだん》をかけあがって、自分《じぶん》の部屋《へや》をあけると、さやかはベッドに飛《と》びこんだ。

「おまえのせいで負《ま》けたんだからな。」

耳《みみ》のおくから、翔太《しょうた》の声《こえ》がきこえてきた。とげみたいにぎざぎざした声《こえ》だ。

今日《きょう》、四年生《ねんせい》でドッジボールのクラスマッチをした。試合《しあい》は男女混合《だんじょこんごう》のチームのトーナメント戦《せん》で、クラスを半分《はんぶん》に分《わ》けてチームを作《つく》った。さやかのチームは、優勝候補《ゆうしょうこうほ》だった。強《つよ》い子《こ》がそろっていたからだ。さやか以外《いがい》は。

「野原《のはら》は、とにかく逃《に》げてろ。」

作戦会議《さくせんかいぎ》で、さやかにそう言《い》ったのは翔太《しょうた》だった。いかにもお荷物《にもつ》だといわんばかりで、いい気《き》はしなかったけれど、ドッジボールは苦手《にがて》なのでしかたない。ボールを人《ひと》に当《あ》てるのも、当《あ》てられるのも好《す》きではないさやかは、いつも逃《に》げてばかりなのだ。

「おまえさえ、ちゃんと逃《に》げてれば、優勝《ゆうしょう》できるからな。」

足《あし》には少《すこ》しは自信《じしん》があるので、翔太《しょうた》の意見《いけん》にさやかはだまってうなずいた。

作戦《さくせん》はうまくいき、さやかのチームは順調《じゅんちょう》に勝《か》ち進《すす》んだ。さやかはいっさいボールにさわることなく、ねばりの逃《に》げで切《き》りぬけた。

それなのに。

決勝戦《けっしょうせん》でのことだった。さやかは最後《さいご》までコートに残《のこ》ってしまった。相手《あいて》チームも女子《じょし》が一人《ひとり》。その女子《じょし》が、外野《がいや》からきたボールをしっかりと受《う》け止《と》めた。

「逃《に》げろよっ。」

外《そと》から翔太《しょうた》の声《こえ》がひびいた。

「う、うん。」

けれども答《こた》えたしゅんかんに、さやかはうっかり手《て》を出《だ》してしまったのだ。どうしてなのかわからない。あ、と思《おも》ったときには手《て》が出《で》ていて、とっさに引《ひ》っこめようとしたが、まにあわなかった。ボールはさやかの右手《みぎて》の指先《ゆびさき》をはじいて、落《お》ちた。

ピーッと鳴《な》ったホイッスルが、遠《とお》くにきこえた。

翔太《しょうた》はよほどくやしかったのか、帰《かえ》りぎわまで文句《もんく》を言《い》ってきた。

「野原《のはら》のせいだぞ。」

とがった声《こえ》といっしょに、鼻《はな》の上《うえ》にしわを寄《よ》せて、にらみつける翔太《しょうた》の顔《かお》がよみがえってきて、

「翔太《しょうた》のばーか。」

さやかは顔《かお》をまくらにおしあてて、さけんだ。

その日《ひ》、テーブルに並《なら》んだ夕食《ゆうしょく》は、いつもよりも少《すこ》し豪華《ごうか》だった。チキンガーリックステーキに、ポテトサラダとコンソメスープ。どれもさやかの好《す》きなものばかりだ。チキンステーキのつけ合《あ》わせは、にんじんをバターと砂糖《さとう》で甘《あま》く煮《に》たグラッセと、塩《しお》ゆでしたさやいんげん。

にんじんは角《かど》がきれいにとれていて形《かたち》がいいし、あざやかなさやいんげんとの組《く》み合《あ》わせもとてもきれいだ。あんまり食欲《しょくよく》はなかったくせに、料理《りょうり》を見《み》ると、おなかがぐうと音《おと》をたてた。

「いただきまーす。」

さやかはさっそくスプーンをとって、こはく色《いろ》のコンソメスープを一口《ひとくち》飲《の》んだ。

「おいしいっ。」

ちょうどよい塩味《しおあじ》のあと、やわらかな甘《あま》さが残《のこ》った。舌《した》のおくに残《のこ》るやさしい甘《あま》さは、念入《ねんい》りにいためた玉《たま》ねぎの味《あじ》だ。大《おお》きな銅《どう》鍋《なべ》で、たんねんに玉《たま》ねぎを

いためるお父《とう》さんを思《おも》いうかべると、気持《きも》ちまでまろやかになる。思《おも》わずほっぺをおさえると、

「つぎの出張《しゅっちょう》キッチンは、このメニューにしようと思《おも》うのよ。」

お母《かあ》さんが言《い》った。

「いいねえ！」

さやかは大声《おおごえ》で賛成《さんせい》した。

〈のはらキッチン〉は、月《つき》に二度《ど》、キッチンカーで出張《しゅっちょう》に行《い》く。近《ちか》くにある総合病院《そうごうびょういん》から注文《ちゅうもん》をもらって、温《あたた》かい食事《しょくじ》を届《とど》けるサービスをしているのだ。けがで入院《にゅういん》したことのある、お父《とう》さんのアイディアだった。

病院《びょういん》の食事《しょくじ》は、栄養管理《えいようかんり》はきちんとされているけれど、給《きゅう》

食《しょく》センターから運《はこ》ばれるあいだに、すっかり冷《さ》めてしまっていて、あんまりおいしくなかったのだそうだ。そこで退院《たいいん》したお父《とう》さんは、患者《かんじゃ》さんたちに、たまには温《あたた》かくておいしい食事《しょくじ》をしてもらおうと、出張《しゅっちょう》することを思《おも》いついた。

病院向《びょういんむ》けの料理《りょうり》は、カロリーや栄養素《えいようそ》はもちろん、病気《びょうき》によって食材《しょくざい》や量《りょう》を変《か》えたり、アレルギーのもとになるものは、さけて作《つく》っている。そのうえおいしいとあって、入院《にゅういん》している人《ひと》たちは〈のはらキッチン〉がくるのを、心待《こころま》ちにしてくれている。

さやかは、夕食《ゆうしょく》に並《なら》んだひとつひとつの料理《りょうり》をしっかり味《あじ》わっては、たいこ判《ばん》をおした。

「チキンステーキは、塩分《えんぶん》ひかえめなぶん、にんにくがきいているし、ポテトサラダにはアボカドが入《はい》っていてマイルドだし、ぴったりだよ。」

患者《かんじゃ》さんたちの喜《よろこ》ぶ顔《かお》が目《め》にうかんで思《おも》わず笑顔《えがお》になってしまう。ふと、

「つぎも楽《たの》しみにしています。」

　さわやかな声《こえ》がきこえたような気《き》がした。前回《ぜんかい》行《い》ったとき、そう声《こえ》をかけられたのだ。思《おも》い出《だ》すと、夕食《ゆうしょく》がいっそうおいしくなって、さやかはぱくぱく料理《りょうり》を食《た》べた。

最後《さいご》に、残《のこ》しておい

た、にんじんのグラッセを食《た》べる。お父《とう》さんの作《つく》るグラッセは、スイーツみたいにおいしい。バターの風味《ふうみ》がきいていて、ドッジボールのつかれなんか、どこかへ飛《と》んでいった。おまけに、にくたらしいだれかさんの顔《かお》も、いっしょに飛《と》んでいってしまったのか、ダンスでもしたいくらい、かろやかな気分《きぶん》になった。

「あ〜おいしかった。ごちそうさま。」

さやかはすっかり料理《りょうり》を平《たい》らげた。おなかも心《こころ》も満杯《まんぱい》だ。

つぎの土曜日《どようび》、朝早《あさはや》くから〈のはらキッチン〉の厨房《ちゅうぼう》はにぎやかだった。いっぺんに大量《たいりょう》の料理《りょうり》を作《つく》るのだから、お父《とう》さんもお母《かあ》さんも大《おお》いそがしだ。

さやかが厨房《ちゅうぼう》をのぞくと、お父《とう》さんがチキンを焼《や》いているところだった。フライパンを一度《いちど》に五つも使《つか》い、手《て》ぎわよくひっくり返《かえ》している。

宙《ちゅう》を舞《ま》うようにひっくり返《かえ》ったチキンには、つぎつぎときれいな焼《や》き目《め》がついていく。焼《や》き目《め》を確《たし》かめるお父《とう》さんの顔《かお》は真剣《しんけん》そのものだ。まゆ毛《げ》にまで、力《ちから》が入《はい》っている。

両面《りょうめん》を焼《や》いたチキンは、大《おお》きなオーブンに移《うつ》され、中《なか》までこんがり焼《や》き上《あ》げられる。

チキンが焼《や》けるあいだ、お父《とう》さんはポテトサラダにとりかかった。大鍋《おおなべ》でゆでていた丸《まる》ごとのじゃがいもを、大《おお》きなボウルに移《うつ》し、それをマッシャーで一気《いっき》につぶしていく。

お父《とう》さんがひと思《おも》いにおしつぶすと、じゃがいもは、マッシャーの穴《あな》から勢《いきお》いよく飛《と》び出《だ》した。ほくほくしておいしそうだ。

「味《あじ》つけは、やさしくひかえめに。」

お父《とう》さんは、塩《しお》、こしょうをふり入《い》れた。自分《じぶん》までやさしい笑顔《えがお》になっている。

お母《かあ》さんは向《む》こうのコンロで、大《おお》きな寸胴鍋《ずんどうなべ》をかき回《まわ》していた。コンソメスープのおいしそうな匂《にお》いがふんわりとただよってきて、さやかは鼻《はな》をくんくん鳴《な》らした。

料理《りょうり》ができあがると、みんなでキッチンカーに積《つ》みこんだ。キッチンカーは、ワゴン車《しゃ》を改造《かいぞう》したものだ。電子《でんし》レンジやガスコンロもしつらえてあるから、いつでも温《あたた》かい料理《りょうり》を食《た》べてもらえる。

料理《りょうり》のほかに、デザートのいちごのゼリーの入《はい》った保冷《ほれい》ケースも積《つ》み、パン屋《や》さんから届《とど》けられたばかりのパンと、ご飯《はん》のジャーも積《つ》みこんだ。主食《しゅしょく》は好《この》みでどちらかを選《えら》んでもらう。

「しゅっぱーつ。」

お父《とう》さんがエンジンをかける

と、さやかはいせいよく合図《あいず》をかけた。すると助手席《じょしゅせき》のお母《かあ》さんが、体《からだ》をねじってふりかえった。

「ふふふ、さやか、なんだかうれしそうね。」

意味《いみ》ありげに笑《わら》う。

「真太郎《しんたろう》くんがいるもんな。」

そう続《つづ》けたのはお父《とう》さんだ。ルームミラーには笑《わら》いをふくんだ目《め》がうつっていた。

「そんなんじゃないってば。」

さやかはあわてて首《くび》をふったが、少《すこ》し声《こえ》が上《うわ》ずってしまった。

真太郎《しんたろう》くんは総合病院《そうごうびょういん》に入院《にゅういん》している中学生《ちゅうがくせい》だ。二回《かい》ほど会《あ》ったことがある。はじめは見《み》かけただけだったが、二度目《どめ》に行《い》ったときにちょっとしたハプニングがおこって、話《はなし》をすることになった。

さやかが空《あ》いた食器《しょっき》を下《さ》げていたときだった。トレイにのせていた食器《しょっき》のほうが気《き》になって、足元《あしもと》をよく見《み》ていなかったさやかは、患者《かんじゃ》さんの車《くるま》いすにつまずいてしまった。バランスをくずして、危《あや》うく食器《しょっき》を落《お》としそうになったとき、

「おっと。」

すばやくトレイを持《も》ってくれたのが、真太郎《しんたろう》くんだ。

「ありがとうございます。」

さやかが言《い》うと、

「こちらこそありがとう。いつもめっちゃおいしいよ。」

と、ぎゃくにお礼《れい》を言《い》われた。そう言《い》って笑《わら》った真太郎《しんたろう》くんの口元《くちもと》からは、白《しろ》い歯《は》がこぼれて、それを見《み》たとたん、さやかはきゅっと胸《むね》をつねられたような気分《きぶん》になった。

「なかなかやさしい子《こ》だったじゃないか。」

ルームミラーごしに、お父《とう》さんはにやにやしている。

「それに、イケメンだしね。」

ひやかすようなお母《かあ》さんの顔《かお》も、ルームミラーに入《はい》ってきた。

「そうだったかな。」

さやかはしらばっくれて、ぷいっと窓《まど》の外《そと》を見《み》たものの、もぞもぞと座《すわ》りなおした。

「いやあね。あんなに手伝《てつだ》ってもらったのに、顔《かお》もよく見《み》てなかったの？」

「う、うーん、あんまり。」

なるたけそっけなく答《こた》えたが、本当《ほんとう》はしっかり覚《おぼ》えている。さやかを助《たす》けてくれたあと、真太郎《しんたろう》くんは食器《しょっき》を片《かた》づける手伝《てつだ》いまでしてくれたのだ。

切《き》れ長《なが》のきりっとした目《め》。浅黒《あさぐろ》い肌《はだ》。高《たか》い身長《しんちょう》。ぼうず頭《あたま》なのが残念《ざんねん》ではあったけど、なにより白《しろ》い歯《は》がさわやかだった真太郎《しんたろう》くんを、忘《わす》れるわけがない。

あの日《ひ》、お母《かあ》さんが真太郎《しんたろう》くんに根《ね》ほり葉《は》ほりきいたところによると、学年《がくねん》は中学《ちゅうがく》二年生《ねんせい》で、野球部《やきゅうぶ》だそうだ。ピッチャーで四番《ばん》。病院《びょういん》には、野球《やきゅう》でいためたひじの手術《しゅじゅつ》で入院《にゅういん》しているらしい。

最後《さいご》まで片《かた》づけを手伝《てつだ》ってくれた真太郎《しんたろう》くんは、

「リハビリとか、けっこう大変《たいへん》なんですけど、おいしいご飯《はん》を食《た》べると元気《げんき》が出《で》ます。つぎも楽《たの》しみにしています。」

と、一礼《いちれい》して食堂《しょくどう》を出《で》ていった。そのとき、ふわっとさわやかな匂《にお》いがした気《き》がした。それは、水《みず》のポットに入《はい》っているレモンのせいかもしれなかったけれど、もしかしたら、だれかのシップの匂《にお》いだったかもしれないけれど、さやかは思《おも》わず息《いき》を吸《す》いこんでしまった。レモンのような香《かお》りは、真太郎《しんたろう》くんにとてもよく似合《にあ》っていた。

今日《きょう》のメニューも好《す》きだといいなあ。

胸《むね》をおさえながら、思《おも》い出《だ》していたさやかは、うっかり笑《わら》いそうになって、あわててルームミラーに目《め》をやった。

まずっ。

けれどもそこには、もうお母《かあ》さんはいなかった。お父《とう》さんもまゆ毛《げ》しかうつっていなくて、さやかはほっと息《いき》をついた。

しばらく走《はし》って、〈のはらキッチン〉のキッチンカーは、病院《びょういん》に到着《とうちゃく》した。駐車場《ちゅうしゃじょう》に車《くるま》を止《と》め、お父《とう》さんは料理《りょうり》の仕上《しあ》げにとりかかる。フライパンには油《あぶら》をひかず、チキンの表面《ひょうめん》をもう一度《いちど》焼《や》き、コンソメスープを温《あたた》めて、準備万端《じゅんびばんたん》。料理《りょうり》はお店《みせ》で食《た》べるのとおんなじようにできたてのほやほやだ。

「さあ、できたぞ。」

お父《とう》さんのかけ声《ごえ》で、さやかも水《みず》の入《はい》ったポットを持《も》ち、病院《びょういん》の食堂《しょくどう》に向《む》かった。できたてのようになった料理《りょうり》を運《はこ》びこむと、すでに患者《かんじゃ》さんやお見舞《みま》いの人《ひと》たち、それに病院《びょういん》のスタッフも集《あつ》まっていた。〈のはらキッチン〉がやってくる日《ひ》は、みんなでいっしょに食事《しょくじ》ができるのだ。

日当《ひあ》たりの良《よ》い大《おお》きな食堂《しょくどう》には、六人《にん》がけの白《しろ》いテーブルが、四つずつ三列並《れつなら》んでいて、そのほとんどがうまっていた。子《こ》どもからお年寄《としよ》りまで、年齢《ねんれい》はばらばらで、かっこうもさまざまだ。足《あし》をギプスで固《かた》めたお兄《にい》さんや、車《くるま》いすに乗《の》っている子《こ》ども。鼻《はな》に酸素《さんそ》のチューブを入《い》れているおじいさん。おなかが大《おお》きな女《おんな》の人《ひと》や、赤《あか》ちゃんを産《う》んだばかりのお母《かあ》さんもいる。この病院《びょういん》には、たくさんの人《ひと》が入院《にゅういん》している。

「〈のはらキッチン〉、やってきましたー。」

いつものように、大《おお》きな声《こえ》で言《い》いながら、お父《とう》さんが寸胴《ずんどう》鍋《なべ》をかかえ上《あ》げると、「わーっ。」と、歓声《かんせい》があがった。

「今日《きょう》のメインは、チキンガーリックステーキです。」

大《おお》きな声《こえ》で言《い》うお母《かあ》さんの横《よこ》で、さやかはすばやくあたりを見《み》まわした。そして少《すこ》し首《くび》をかしげた。真太郎《しんたろう》くんの姿《すがた》がなかったのだ。

まだ下《お》りてきてないのかな。

思《おも》わずきょろきょろしていると、患者《かんじゃ》さんからさっそく声《こえ》がかかった。

「さやかちゃーん。お水《みず》もらえるかな?」

しょっちゅう手伝《てつだ》っているさやかは、すっかり顔《かお》なじみになっている。

「あ、はーい。」

さやかも元気《げんき》に答《こた》えて、声《こえ》がかかったテーブルに水《みず》が入《はい》ったポットを持《も》っていった。車《くるま》いすに乗《の》ったおじいさんのコップに水《みず》を注《そそ》ぐと、

「はい、おせわさま。今日《きょう》はとり肉《にく》だそうだね。」

おじいさんはにこにこした。

「はい。小《ちい》さく切《き》ったものも準備《じゅんび》していますから、だいじょうぶですよ。」

「そりゃけっこう。」

さやかが答《こた》えると、おじいさんは口《くち》を大《おお》きくあけて笑《わら》った。歯《は》があまりないおじいさんが笑《わら》うと、本当《ほんとう》にうれしそうな顔《かお》になる。

「コンソメスープとポテトサラダもありますよ。ポテトサラダはアボカド入《い》りなんです。」

「アボカド？」

「甘《あま》くない南国《なんごく》の果物《くだもの》です。森《もり》のバターって呼《よ》ばれているんです。緑色《みどりいろ》できれいだし、やわらかくって、おいしいですよ。」

「ほう、しゃれとるなあ。」

おじいさんは、待《ま》ちどおしそうだ。

となりのテーブルでは、白衣《はくい》を着《き》たお医者《いしゃ》さんに声《こえ》をかけられた。

「みんな、〈のはらキッチン〉がくるのを楽《たの》しみに待《ま》ってたよ。」

初老《しょろう》のお医者《いしゃ》さんがむふふと笑《わら》うと、となりに座《すわ》ったおばさんが、

「だって入院中《にゅういんちゅう》の楽《たの》しみは、お食事《しょくじ》くらいなものでしょう。なのにいつもあんまりおいしくないのよ。」

と、いたずらっぽく笑《わら》って舌《した》を出《だ》した。

「そりゃひどいな。病院《びょういん》のメニューだって、患者《かんじゃ》さんのことを考《かんが》えて作《つく》っているんだから。」

お医者《いしゃ》さんは顔《かお》をしかめてみせたが、

「まあ、栄養士《えいようし》の人《ひと》にチェックしてもらっているうえに、お

いしい〈のはらキッチン〉にはかなわないけれどね。」

と、すぐに笑顔《えがお》にもどった。そして、

「さあ、今日《きょう》はしっかり食《た》べて手術《しゅじゅつ》に備《そな》えなきゃ。どれ、ぼくがとってきてあげよう。」

おばさんの肩《かた》をぽんとたたき、席《せき》を立《た》った。

「手術《しゅじゅつ》なんですか？」

「そうなの。あさって手術《しゅじゅつ》だから、明日《あす》からはなにも食《た》べられないのよ。それで今日《きょう》はとっても楽《たの》しみだったの。」

たずねたさやかに、おばさんはそう言《い》ってうなずいた。

お医者《いしゃ》さんが向《む》かった前《まえ》のテーブルには、行列《ぎょうれつ》ができていた。料理《りょうり》を受《う》けとる人《ひと》たちが並《なら》んでいるのだ。サポートの必《ひっ》要《よう》な人《ひと》には、病院《びょういん》のスタッフたちが配膳《はいぜん》をするが、動《うご》ける人《ひと》は自分《じぶん》で並《なら》ぶ。
さやかはそれとなく列《れつ》に目《め》をやった。真太郎《しんたろう》くんも並《なら》んでいるはずだからだ。

あれ？

けれども先頭《せんとう》から最後尾《さいこうび》までさっと見《み》わたしてから、さやかはやっぱり首《くび》をかしげた。真太郎《しんたろう》くんの姿《すがた》は見《み》つからない。

「はーい、お待《ま》ちどおさま。」

そのときスタッフのおばさんが、さやかのいるテーブルに料理《りょうり》のトレイを運《はこ》んできた。

「あの……、」

ちょっと迷《まよ》ったが、思《おも》いきってたずねてみることにした。

「今日《きょう》は、あの、野球部《やきゅうぶ》の中学生《ちゅうがくせい》はいないんですか？」

おそるおそるきいたさやかに、おばさんは首《くび》をひねり、大《おお》きな声《こえ》できさかえした。

「野球部《やきゅうぶ》の中学生《ちゅうがくせい》？」

「わ、そんな大声《おおごえ》で。」

あせったさやかはお母《かあ》さんたちのほうを見《み》たが、二人《ふたり》とも配膳《はいぜん》にいそがしく、気《き》がついていないのが幸《さいわ》いだった。

「いいんです、いいんです。ただ、このあいだ来《き》たとき、つぎの料理《りょうり》を楽《たの》しみにしていたから気《き》になっただけなので。」

さやかは顔《かお》の前《まえ》で手《て》をはげしくふった。もう話《はなし》を打《う》ちきって逃《に》げ出《だ》したいくらいだったが、おばさんはとつぜん思《おも》い出《だ》したのか、

「あーっ、真太郎《しんたろう》くんのことね。」

さらに大《おお》きな声《こえ》を出《だ》した。

「へ？　ああ、はい。」
顔《かお》を赤《あか》くしたさやかだったが、
つぎのしゅんかん、ぽかんとなった。
おばさんが、あっさりとした口調《くちょう》で
こう続《つづ》けたからだ。
「真太郎《しんたろう》くんなら、
おととい退院《たいいん》したわよ。」
「えっ。」
　シャボン玉《だま》がはじけたような
声《こえ》が出《で》た。じっさい、七色《なないろ》にゆれる
大《おお》きなシャボン玉《だま》が、目《め》の前《まえ》でぱちんと

はじけたみたいだった。
退院《たいいん》？　おととい？
周《まわ》りの景色《けしき》が白《しろ》っぽくかすんだ。
「あれ？　野原《のはら》じゃね？」
しばらく動《うご》きを止《と》めてしまった
さやかは、自分《じぶん》を呼《よ》んだ声《こえ》でわれに
返《かえ》った。声《こえ》のほうをふりかえる。
「ぶほっ。」
今度《こんど》はちがう声《こえ》が出《で》た。
空気《くうき》が入《はい》った容器《ようき》から、残《のこ》り少《すく》ない
マヨネーズをおし出《だ》したときみたいな声《こえ》だ。

「なんでここに？」

そこにいたのは、翔太《しょうた》だったのだ。翔太《しょうた》は、料理《りょうり》がのったトレイを持《も》っている。

「おれは、妹《いもうと》の見舞《みま》いだよ。」

翔太《しょうた》はあごの先《さき》をしゃくってみせた。そこには小《ちい》さな女《おんな》の子《こ》が座《すわ》っていた。小学《しょうがく》一年生《ねんせい》くらいだろうか。かみをおさげに結《むす》び、いちごのがらのパジャマを着《き》ている。となりには、お母《かあ》さんらしい女《おんな》の人《ひと》がいた。二人《ふたり》の様子《ようす》に気《き》がついたのか、笑《わら》いかけてくれたので、さやかもぺこんとおじぎをした。

「おまえこそ、なにやってんだよ。」

「わたしは、お店《みせ》の手伝《てつだ》いよ。」

不思議《ふしぎ》そうな翔太《しょうた》に、さやかは水《みず》のポットを持《も》ち上《あ》げてみせた。翔太《しょうた》はいっしゅん、首《くび》をひねりかけたがすぐに、

「なんだ。〈のはらキッチン〉って、野原《のはら》んちだったのか。」

と、納得《なっとく》したようだった。そして、「へえ。」「へえ。」と、なぜだかうれしそうにくりかえした。

その顔《かお》を見《み》ながら、さやかのほうは二重《にじゅう》のショックに打《う》ちのめされた。

真太郎《しんたろう》くんはいなくって、かわりにいたのが翔太《しょうた》なんて。

悪夢《あくむ》だ。

ポットを持《も》った腕《うで》がふらついたが、さやかはなんとか女《おんな》の子《こ》のコップに水《みず》を注《そそ》いだ。

「南《みなみ》、ありがとうは？」

すると、翔太《しょうた》はえらそうに言《い》ってから料理《りょうり》のトレイを置《お》き、

「ほら、南《みなみ》。運《はこ》んできてやったぞ。」

と、さらにいばった。

「お兄《にい》ちゃん、お姉《ねえ》ちゃん、ありがとう。」

南《みなみ》ちゃんは、小《ちい》さな声《こえ》でお礼《れい》を言《い》った。少《すこ》し顔色《かおいろ》が青白《あおじろ》かったが、湯気《ゆげ》が上《あ》がる料理《りょうり》を見《み》て、口元《くちもと》をほころばせている。

「どういたしまして。」

さやかは気《き》をとりなおして、翔太《しょうた》のコップにも水《みず》を入《い》れてやった。

すべてのコップに水《みず》を注《そそ》ぎおえたさやかが、翔太《しょうた》のいるテーブルの前《まえ》を通《とお》ると、家族《かぞく》は食事《しょくじ》のまっさいちゅうだった。南《みなみ》ちゃんもにこにこしながら食《た》べている。こちらまでうれしくなるような笑顔《えがお》で、さやかはつい足《あし》を止《と》めた。

「おいしい？」

たずねると、南《みなみ》ちゃんは、

「うん、とっても。」

はじけるような答《こた》えを返《かえ》してくれた。

「よかったわね。昨日《きのう》までは、ほとんどご飯《はん》も食《た》べられなかったからねえ。」

翔太《しょうた》のお母《かあ》さんも、となりで目《め》を細《ほそ》めている。

「南《みなみ》は、ぜんそくの発作《ほっさ》をおこしたんだ。」

翔太《しょうた》が言《い》った。

「発作《ほっさ》がおこると、なんにも食《た》べられなくなっちゃうんだけど、今日《きょう》は本当《ほんとう》においしそうで安心《あんしん》したわ。」

ほっとしたようなお母《かあ》さんにつづけて、

「いっぱい食《く》えよ。」

翔太《しょうた》はあいかわらずいばっていた。

さやかがテーブルをはなれようとしたとき、向《む》こうからさやかのお父《とう》さんと母《かあ》さんがやってきた。

「さやか、お友達《ともだち》でしょ？　いっしょに食《た》べましょう。」

「えっ、いいよ。」

さやかはとっさに首《くび》をふりかけたが、二人《ふたり》はいっしょに食《しょく》事《じ》をするつもりらしい。お父《とう》さんが二つ、お母《かあ》さんが一つ、家族《かぞく》三人分《にんぶん》のトレイを持《も》っている。

すると、

「やったあ。」

かわいらしい声《こえ》もきこえた。南《みなみ》ちゃんだ。期待《きたい》をこめたような目《め》で、さやかの返事《へんじ》を待《ま》っているので、さすがにことわりきれなくなった。さやかはテーブルに着《つ》くことにした。

「じゃあ、おじゃまします。」

「いつも翔太《しょうた》と仲良《なかよ》くしてくれて、ありがとう。」

「い、いいえ。」

翔太《しょうた》のお母《かあ》さんにお礼《れい》を言《い》われたけれど、さやかはあいまいな返事《へんじ》をするのが精《せい》いっぱいだった。

けっして仲良《なかよ》しじゃありません。

口《くち》から出《で》そうになるのをがまんして、せめて翔太《しょうた》からはなれたところにトレイをずらして座《すわ》りなおした。

「いただきます。」

料理《りょうり》に手《て》を合《あ》わせる。
「みんなで話《はな》しながら食《た》べると、いっそうおいしくなるものね。」
お母《かあ》さんは上機嫌《じょうきげん》だったけれど、さやかはだまって食事《しょくじ》を始《はじ》めた。翔太《しょうた》とは、とくになんの話《はなし》もないのだ。
チキンステーキのつけ合《あ》わせのにんじんを一口《ひとくち》かじ

る。家《いえ》で食《た》べた味《あじ》とは少《すこ》しちがった。

「ちょっと、うす味《あじ》だろう？」

お父《とう》さんが感想《かんそう》をきいてきたので、さやかはうなずいた。

家《いえ》で食《た》べたグラッセは、甘《あま》くてバターの風味《ふうみ》がきいていたが、こちらはずいぶんあっさりしている。けれども、スープのおいしさはしっかりしみこんでいるし、うす味《あじ》のぶん、にんじんの味《あじ》も濃《こ》く感《かん》じる。

「病院《びょういん》にはバターや砂糖《さとう》は、食《た》べられないっていう人《ひと》も多《おお》いから、スープで煮《に》こんだだけなんだけど、でもきみたちにはちょっとものたりないかな？」

「いいえ、うまいっす。」

たずねた
お父《とう》さんに、
翔太《しょうた》はほっぺたを
いっぱいにした
まま返事《へんじ》をした。

「ポテトサラダもマヨネーズのかわりに梅酢《うめず》で味《あじ》をととのえたんだ。子《こ》どもにはちょっと酸《す》っぱかったかな。」

お父《とう》さんは少《すこ》し心配《しんぱい》していたけれど、さわやかな梅酢《うめず》は、まろやかなアボカドとよく合《あ》っていた。

それに見《み》た目《め》も、とてもあざやかだ。

「ううん、おいしいよ。色《いろ》もきれいだし。」

「はい。めっちゃうまいっす。」

翔太《しょうた》はあいかわらず、がっついている。

なんでもかんでもいっぺんに口《くち》につめこんで、色《いろ》や味《あじ》がわかってんのかな。

さやかがこっそり思《おも》っていると、お母《かあ》さんどうしの話《はなし》がち

らちらときこえてきた。南《みなみ》ちゃんの病気《びょうき》の話《はなし》をしているようだった。

「今度《こんど》の発作《ほっさ》はちょっとひどくて心配《しんぱい》しました。入院《にゅういん》も思《おも》ったより長引《ながび》いて。」

「それは大変《たいへん》でしたね。」

「はい。わたしもずっとつきっきりですから、翔太《しょうた》にもさみしい思《おも》いをさせてしまって。」

さやかはそっと視線《しせん》を流《なが》してみた。翔太《しょうた》は顔《かお》も上《あ》げずに食事中《しょくじちゅう》で、

「うっま、うっま。」

と、うるさいくらいだ。

「そんなに喜《よろこ》んでもらえるとうれしいなあ。なにしろ、厨房《ちゅうぼう》の中《なか》にいると、お客《きゃく》さんの顔《かお》があんまり見《み》えないからなあ。」

お父《とう》さんは満足《まんぞく》げだが、さやかは肩《かた》をすくめた。

あ〜、ここにいるのが真太郎《しんたろう》くんだったらなあ。

思《おも》わずにはいられなかった。

真太郎《しんたろう》くんなら、きっともっと上品《じょうひん》に食事《しょくじ》をしていたはずだ。そして、話《はなし》もはずんだだろう。

「さやかちゃんも、料理《りょうり》は得意《とくい》なの？」

「得意《とくい》ってほどではないけど、お手伝《てつだ》いはよくします。」

「すごいなあ。」

「ほら、このにんじん、角《かど》がとってあるでしょう？　これ、面取《めんと》りっていうんですよ。こうすると、煮《に》くずれしにくいし、表面積《ひょうめんせき》が大《おお》きくなるから、味《あじ》もしみこみやすいんですよ。」

「へえ、さすがだなあ。」

なーんてね。

むくむくと妄想《もうそう》を広《ひろ》げて、思《おも》わずうっとりしていると、ぶちこわすような声《こえ》がきこえた。

「南《みなみ》。」

翔太《しょうた》だ。いばりくさった声《こえ》で、さやかは思《おも》わずみけんに力《ちから》を入《い》れたが、つぎの翔太《しょうた》の一言《ひとこと》に、まゆがゆるんだ。

「お兄《にい》ちゃんのゼリー食《た》べるか？」

翔太《しょうた》はそう言《い》って、南《みなみ》ちゃんにゼリーの入《はい》ったデザート皿《ざら》を差《さ》し出《だ》したのだ。言葉《ことば》つきこそいばっているが、顔《かお》つきも声《こえ》もとがっていない。それどころか、とてもやさしげだ。ドッジボールで負《ま》けたときの意地悪《いじわる》な顔《かお》とは大《おお》ちがいだった。

「いいの？」

うれしそうにたずねる南《みなみ》ちゃんに、翔太《しょうた》は胸《むね》をそらせた。

「おう、いっぱい食《く》えよ。」

「ありがとう、お兄《にい》ちゃん。」

へえ。

さやかは翔太《しょうた》の顔《かお》を、

まじまじと見《み》てしまった。

やさしいところもあるんだ。

と、翔太《しょうた》と目《め》が合《あ》った。

さやかの視線《しせん》に気《き》が

ついたのだろう。

さやかはあわてて

目《め》をそらしたが、

翔太《しょうた》はぼそっとこう言《い》った。

「このあいだは悪《わる》かったな。」

「え？」

さやかは目《め》をぱちぱちさせる。

ききまちがいかと思《おも》ったが、そうではなかったようだ。翔《しょう》太《た》は早口《はやくち》で続《つづ》けた。

「ドッジボールだよ。もう少《すこ》しで勝《か》てるとこだったからさ、くやしかったんだ。」

そう言《い》ったとたん、翔《しょう》太《た》は怒《おこ》ったようにぷいっと横《よこ》を向《む》いてしまった。

なによ、もう。

さやかはコンソメスープを一口《ひとくち》飲《の》んだ。気《き》持《も》ちが落《お》ちつく

いつもの味《あじ》だ。
ちらっと見《み》た翔太《しょうた》の横顔《よこがお》は、
もう怒《おこ》ってはいなかった。
それどころか、ちょっと
甘《あま》えたような顔《かお》でお母《かあ》さんと
話《はな》していた。
もしかしたら。
チキンステーキを口《くち》に入《い》れる。
焼《や》き目《め》の香《こう》ばしさに、つい顔《かお》がゆるむ。
翔太《しょうた》はさみしかったのかもしれないな。
入院《にゅういん》した妹《いもうと》にお母《かあ》さんが付《つ》きそっていて、さみしかったか

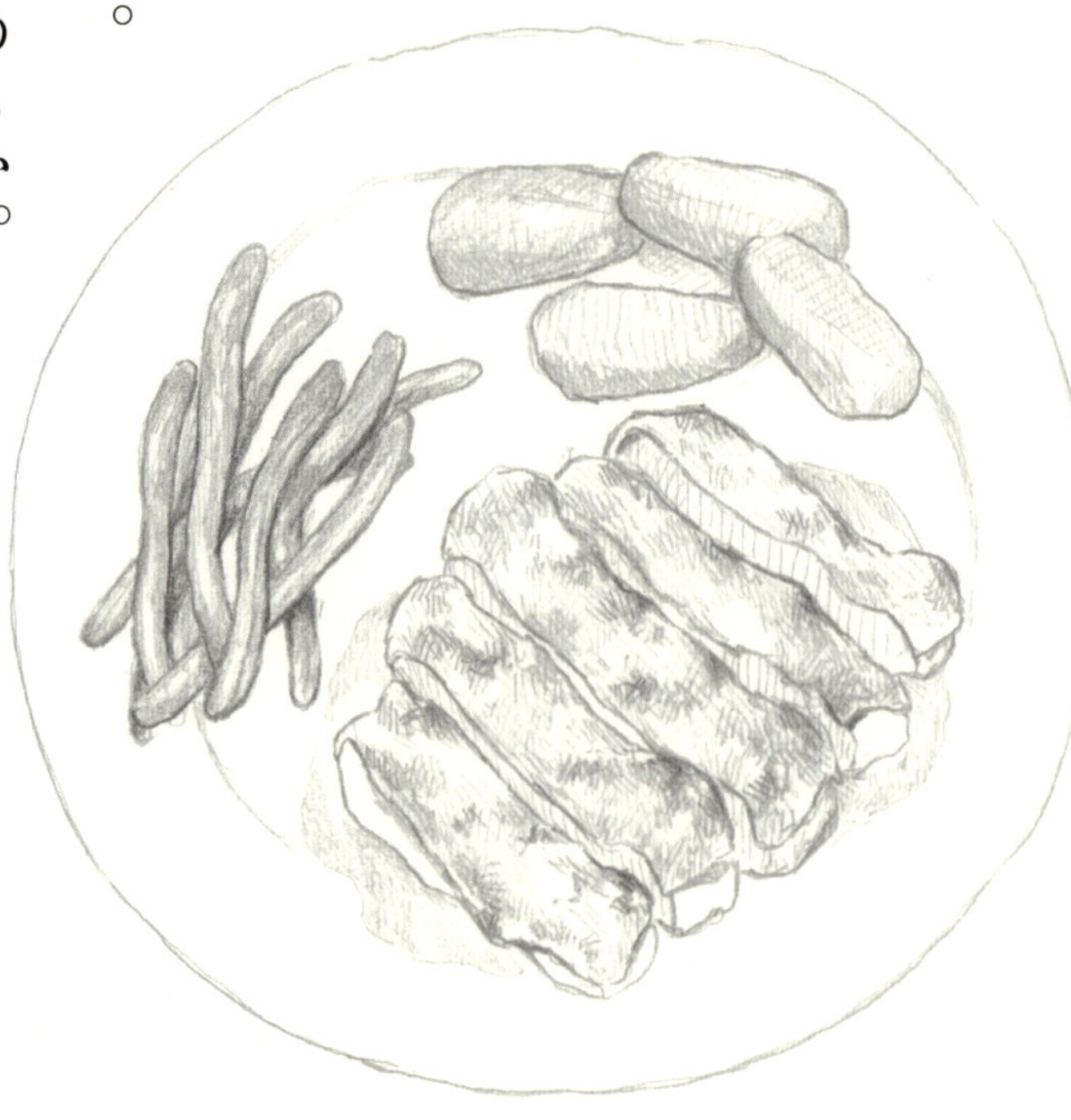

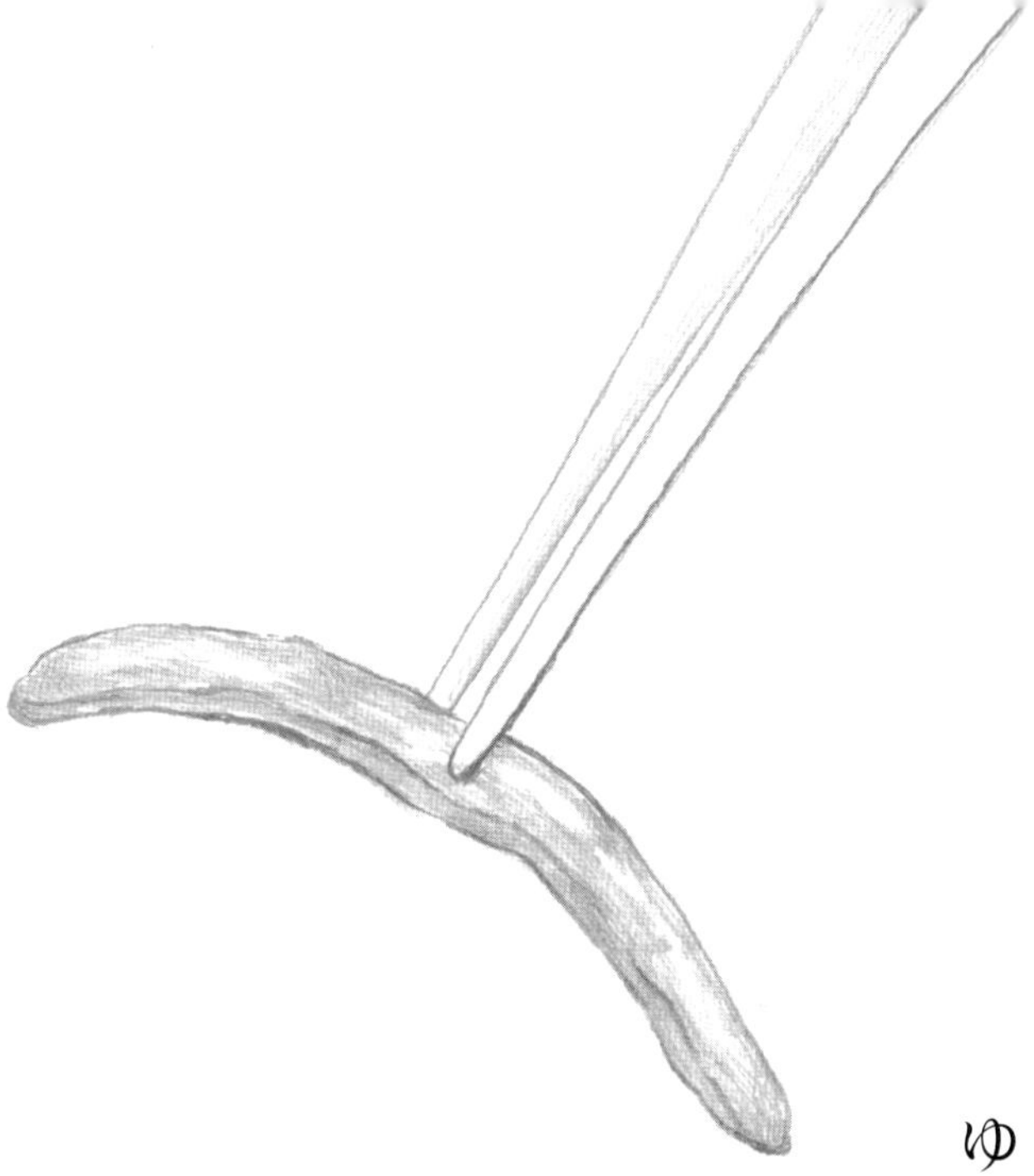

ら、いらいらしていたのかもしれない。そんなことは、わたしとはなんの関係《かんけい》もないことだけど。だからといって、許《ゆる》せるってこともないのだけれど。

ゆでたさやいんげんを食《た》べる。あっさりした塩味《しおあじ》がとてもおいしい。しゃきしゃき歯《は》ざわりもいい。しゃきしゃきとして、口《くち》の中《なか》で音楽《おんがく》が鳴《な》っているみたいだ。

わたしもお父《とう》さんが入院《にゅういん》したときは、さみしかったもんな。さやかはお父《とう》さんが入院《にゅういん》したときのことを思《おも》い出《だ》した。
お母《かあ》さんが病院《びょういん》に
付《つ》きそっていたので、
おばあちゃんが来《き》て
くれたけれど、さやかは
毎日《まいにち》泣《な》いて、おばあちゃんを
困《こま》らせた。
アボカド入《い》りのポテトサラダを口《くち》に入《い》れる。
甘酸《あまず》っぱい梅酢《うめず》が、さわやかに鼻《はな》をぬけた。
許《ゆる》してやるか。
さやかは自然《しぜん》に笑顔《えがお》になった。

「いいけど。くやしかったの、わかるし。」

そう言《い》うと、翔太《しょうた》はすっきりしたように笑《わら》いかえした。そして、一気《いっき》に残《のこ》りの料理《りょうり》を平《たい》らげて、「ごちそうさまっ。」

と、手《て》を合《あ》わせた。

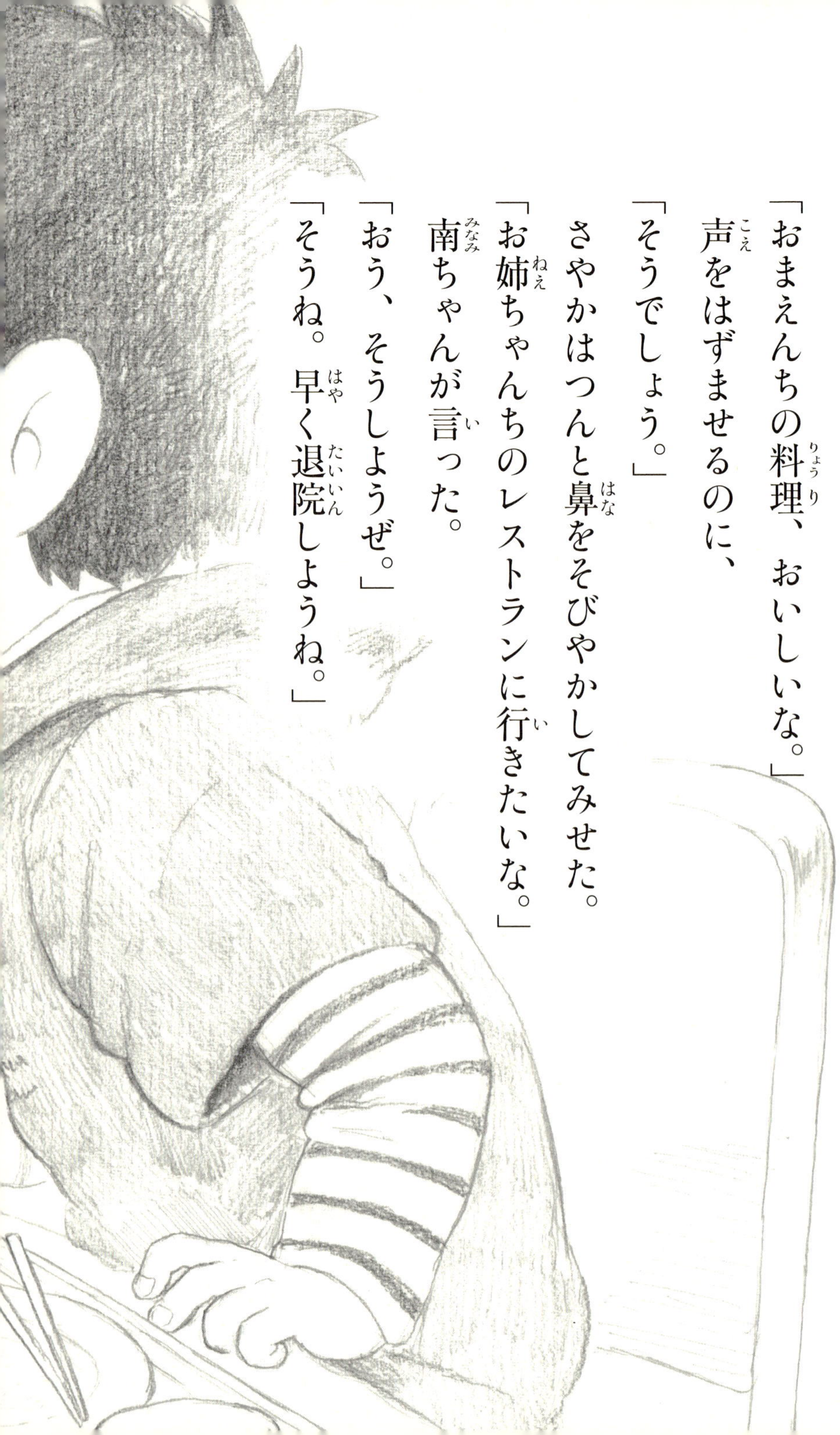

「おまえんちの料理《りょうり》、おいしいな。」

声《こえ》をはずませるのに、

「そうでしょう。」

さやかはつんと鼻《はな》をそびやかしてみせた。

「お姉《ねえ》ちゃんちのレストランに行《い》きたいな。」

南《みなみ》ちゃんが言《い》った。

「おう、そうしようぜ。」

「そうね。早《はや》く退院《たいいん》しようね。」

うれしそうな翔太《しょうた》たちに、さやかのお父《とう》さんは、太《ふと》い腕《うで》で胸《むね》をぽんとたたいた。

「よし、それじゃあ、みんながもっと元気《げんき》になるように、おじさんもがんばるぞ。」

なんだかお父《とう》さんのほうが、元気《げんき》になったみたいだ。

「お待《ま》ちしています。ね、さやか。」

「うん。」

お母《かあ》さんの声《こえ》に、さやかも大《おお》きくうなずいた。

「〈のはらキッチン〉へ、ぜひどうぞ。」

にっこり笑《わら》って、香《こう》ばしいチキンステーキをもう一口《ひとくち》食《た》べた。このあいだのチキンよりも、ずっとおいしく感《かん》じた。

コックさんのまめちしき

コックさんのお仕事《しごと》にちょっぴりくわしくなる

オマケのおはなし

コックさんって、どんなお仕事《しごと》？

「コックさんは、レストランで料理《りょうり》を作《つく》っている人《ひと》ですっ！」といわれれば、たしかにそうですね。「コック」という言葉《ことば》は、オランダ語《ご》のkok＝コック（料理人《りょうりにん》）という単語《たんご》からきています。レストランというと、〈のはらキッチン〉のメニューにもある煮《に》こみハンバーグなどの洋《よう》食《しょく》を出《だ》すお店《みせ》をイメージするかもしれませんが、和食《わしょく》、中華料理《ちゅうかりょうり》、インド料理《りょうり》……と、各国《かっこく》の料理《りょうり》を出《だ》す店《みせ》にもコックさんがいますし、学校《がっこう》、会社《かいしゃ》、病院《びょういん》などの食堂《しょくどう》にもコックさんがいます。さやかのお父《とう》さんは、病院《びょういん》に出張《しゅっちょう》して料理《りょうり》を出《だ》していましたね。料理《りょうり》を通《つう》じて人《ひと》に喜《よろこ》んでもらう。これこそ、コックさんの最大《さいだい》の仕事《しごと》だといえます。

さやかのお父《とう》さんも、病院《びょういん》の患者《かんじゃ》さんに対《たい》しては料理《りょうり》の味《あじ》つけをうすくしていましたが、コックさんには、食《た》べる人《ひと》のことを考《かんが》える気持《きも》ちが求《もと》められます。子《こ》どもが食《た》べるのか、おじいさん、おばあさんが食《た》べる

のかによって、量《りょう》や味《あじ》の好《この》みが変《か》わってきます。

また、料理《りょうり》に必要《ひつよう》なのは材料《ざいりょう》です。どんな料理《りょうり》を作《つく》るのかが決《き》まったら、予算《よさん》（お金《かね》）の範囲《はんい》のなかで、できるかぎり新鮮《しんせん》で、季節《きせつ》にあった食材《しょくざい》を選《えら》ぶのも仕事《しごと》です。

どんな人《ひと》がコックさんにむいている？

「食《く》いしんぼうな人《ひと》！」。たしかに必要《ひつよう》なことです。つねに料理《りょうり》の方法《ほうほう》や味《あじ》つけ、盛《も》りつけ、はやりの食材《しょくざい》を知《し》るために、いろいろなお店《みせ》を食《た》べ歩《ある》いているコックさんは多《おお》いです。研究熱心《けんきゅうねっしん》な姿勢《しせい》は欠《か》かせません。それに、料理《りょうり》を出《だ》されたとき、お皿《さら》やおわん、コップなどの食器《しょっき》がすてきだったら、ひと味《あじ》もふた味《あじ》もちがいませんか？　料理《りょうり》の見《み》た目《め》をよくするセンスをみがく努力《どりょく》ができる人《ひと》も、コックさんにむいています。

でも、いちばんの目的《もくてき》はお客《きゃく》さんに喜《よろこ》んでもらうことです。料理《りょうり》は人《ひと》が口《くち》にするものです。だから、まず清潔《せいけつ》が第一《だいいち》！　自分《じぶん》の体《からだ》をきれいにするのはもちろん、調理場《ちょうりば》もお店《みせ》も清潔《せいけつ》に保《たも》つこと。もし、それをサボってお客《きゃく》さんのおなかがいたくなったら、とりかえしがつきません。いつも、お客《きゃく》さんのために働《はたら》いているという意識《いしき》を持《も》つこと。そんな気持《きも》ちを持《も》ちつづけられるかどうかも、コックさんという仕事《しごと》を選《えら》ぶうえで大事《だいじ》なことです。

コックさんになるには？

料理《りょうり》の専門学校《せんもんがっこう》に入《はい》り、そこを卒業《そつぎょう》すれば「調理師免許《ちょうりしめんきょ》」がもらえます。専門学校《せんもんがっこう》に行《い》かなくても、中学校《ちゅうがっこう》を卒業《そつぎょう》していて、2年以上《ねんいじょう》、レストランやお弁当屋《べんとうや》さんなど調理《ちょうり》をするところで働《はたら》いた経験《けいけん》があれば、「調理師国家試験《ちょうりしこっかしけん》」を受《う》けられ、合格《ごうかく》すれば免許《めんきょ》がもらえます。専門学校《せんもんがっこう》でも試験《しけん》でも、料理《りょうり》の方法《ほうほう》だけではなく、食品《しょくひん》の栄養《えいよう》や、食《た》べても安全《あんぜん》なように保存《ほぞん》する方法《ほうほう》など、食《た》べ物《もの》に関係《かんけい》する知識《ちしき》が問《と》われます。

ただし、かならずしも調理師免許《ちょうりしめんきょ》が必要《ひつよう》なわけではなく、一流《いちりゅう》のコックさんがいるお店《みせ》にやとわれて長《なが》いあいだ修業《しゅぎょう》をして、そのコックさんにみとめてもらって独立《どくりつ》する人《ひと》もいます。お店《みせ》を出《だ》す場合《ばあい》は、衛生《えいせい》に関《かん》する免許《めんきょ》が必要《ひつよう》になります。

いま、和食《わしょく》は、「ユネスコ無形文化遺産《むけいぶんかいさん》」として登録《とうろく》され、世界《せかい》から注目《ちゅうもく》されています。これからのコックさんには、海外《かいがい》からのお客《きゃく》さんに日本食《にほんしょく》の特長《とくちょう》を説明《せつめい》する力《ちから》も求《もと》められるかもしれませんね。

まはら三桃｜まはらみと

1966年、福岡県北九州市生まれ。2005年、「オールドモーブな夜だから」で第46回講談社児童文学新人賞佳作に入選し、翌年、『カラフルな闇』と改題して刊行。2011年、『おとうさんの手』（講談社）が読書感想画中央コンクール指定図書に選定された。2012年、『鉄のしぶきがはねる』（講談社）で坪田譲治文学賞を受賞した。他の著書に『３月のおはなし ひなまつりのお手紙』『風味さんじゅうまる』（ともに講談社）、『伝説のエンドーくん』（小学館）などがある。

木村いこ｜きむらいこ

奈良県生まれ。児童書・学校教材などのお仕事をしながら漫画家としても活動中。装画・挿絵を担当した児童書に『鈴とリンのひみつレシピ！』（作／堀直子、あかね書房）、『コケシちゃん』（作／佐藤まどか、フレーベル館）、『それぞれの名前』（作／春間美幸、講談社）などがある。また、コミックスに『いこまん』『たまごかけごはん』（ともに徳間書店）などがある。

装丁／大岡喜直（next door design）
本文 DTP／脇田明日香

おしごとのおはなし　コックさん

のはらキッチンへぜひどうぞ

2015年 11月 25日　第 1 刷発行
2019年 9 月 9 日　第 4 刷発行

作　まはら三桃《みと》
絵　木村《きむら》いこ
発行者　渡瀬昌彦
発行所　株式会社講談社
〒112-8001 東京都文京区音羽 2-12-21
電話　編集 03-5395-3535　販売 03-5395-3625　業務 03-5395-3615
印刷所　豊国印刷株式会社
製本所　株式会社若林製本工場

N.D.C.913 79p 22cm ©Mito Mahara / Iko Kimura 2015 Printed in Japan ISBN978-4-06-219781-6